일상에서 신앙 찾아가기

ㄹ
글과길

일상에서 신앙 찾아가기

석근대 지음

발행일   2021년 12월 1일
발행인   김도인
펴낸곳   글과길
         등록 제2020-000078호[2020.5.29]
         서울특별시 송파구 삼학사로 19길5 3층 [삼전동]
         wordroad29naver.com
편집   이영철
디자인   디자인소리 okdsori.com
공급처   하늘유통
         경기도 파주시 광탄면 분수리 350-3
         전화 031-947-7777
         팩스 0505-365-0691

ISBN 979-11-973863-7-4 03810
가격 13,000원

일상에서 신앙 찾아가기

추천사

신앙인은 매일 자기를 성찰해야 한다. 먼저 하나님의 말씀 앞에서 성찰해야 한다. 주일예배, 새벽예배, 큐티, 성경 읽기 등을 통해 말씀으로 신앙을 점검해야 한다. 다음으로 거대한 자연 앞에서 성찰해야 한다. 마지막으로 소소한 일상을 통해 성찰해야 한다.

사람들은 사상가를 존경한다. 사상가는 일상에서 자신의 삶과 신앙을 성찰하는 사람이다. 코로나19는 삶과 신앙을 성찰해야 함을 절실히 깨닫게 해주었다. 코로나19 사태가 일상을 정지시켰기 때문이다. 어느 조사에서 "코로나19 사태가 기존 삶의 방식을 되돌아보는 계기가 됐다"는 응답이 41%라는 것을 통해서 알 수 있다.

코로나19로 무너진 일상을 되찾는데 《일상에서 신앙 찾아가기》가 엄청난 도움을 줄 것이다. 그것은 이 책이 일상에서 만날 수 있는 것들을 소재로 묵상하며, 일상의 중요성을 다시 일깨워주기 때문이다.

신앙인은 하나님의 말씀을 예배당이 아니라 일상에서 실천해야 한다. 그 일상을 통해 하나님의 뜻을 골똘히 생각해야 한다. 이 책이 일상에서 신앙을 찾는 길잡이로 인도해 줄 것을 확신한다.

김도인 목사 아트설교연구원 대표, 《설교는 글쓰기다》 등 15권의 저서의 저자

인생은 다람쥐 쳇바퀴 돌기에 비유된다. 인생은 반복이라는 것이다. 하루하루의 삶은 끊임없는 반복이다. 반복되는 일상의 삶을 살다 보니 매너리즘에 빠지는 경우가 많다. 늘 대하는 사물, 매일 만나는 사람들과의 평범한 일상에 큰 흥미를 느끼지 못한다. 하지만 일상을 떠나보면 생각이 달라진다. 일상이 그 무엇보다 소중하다는 것을 깨닫게 된다. 코로나19로 인해 그것을 더 절실히 느끼게 되었다.

진정한 행복은 어디에 있을까? 일상에 있다. 행복은 찾는 것이 아니라 발견하는 것이다. 하나님께서는 일상 속에 행복이라는 보물을 숨겨놓으셨다. 이 보물은 아무나 찾을 수 있는 것이 아니다. 통찰력 있는 사람이 찾을 수 있다. 통찰력은 '표면 아래 있는 진실을 볼 수 있는 능력'을 말한다. 조윤제는 《천년의 내공에》에서 통찰을 얻기 위해서는 '관찰하는 힘'과 '멀리 내다보는 힘'이 필요하다고 말한다.

석근대 목사님은 누구보다 통찰력이 뛰어난 분이시다. 일상에서 하나님이 숨겨놓으신 보물을 날마다 찾고 계시는 분이다. 그렇게 찾은 소중한 보물을 이 책에서 맛깔 나는 글로 우리에게 선물해 주셨다. 이 책은 일상의 소중함을 깨달으며 이 시대를 살아가는 사람에게 너무나 귀한 선물이기에 적극 추천한다.

이재영 목사 잠실 주담교회 담임, 《희망도 습관이다》의 저자

코로나19 팬데믹이 발생한 지 2년이 다 되어 가는데도 좀처럼 수그러들지 않고, 여러 가지로 우리에게 고통을 안겨주고 있습니다. 이러한 현실에서 우리에게 깊이 각인된 단어가 '사회적 거리'와 '일상'입니다. 일상은 매일 반복되는 보통의 일입니다. 신앙생활을 하다 보면 일상화된 일들이 있습니다. 예배, 교육, 전도, 봉사, 교제 등입니다. 그런데 사회적 거리두기를 하면서 신앙생활의 일상이 무너져버렸습니다. 그래서 우리가 살아가는 일상에서 신앙을 찾아가는 노력이 그 어느 때보다도 필요합니다.

나의 일과 속에서 신앙함이 나타나야 하는데, 일상이 누구나 같은 것은 아닙니다. 그래서 신앙을 일상에 적용하기가 어렵고, 그동안 우리가 대수롭지 않게 여기면서 살아온 것도 사실입니다. 따라서 일상에서의 신앙생활을 어떻게 해야 할 것인가에 대해 고민하는 목사들이 있지만, 특별히 대구 무태 지역의 동서교회를 담임하는 석근대 목사님이 쓰신《일상에서 신앙 찾아가기》란 책을 보고 그 뛰어난 발상에 놀랐습니다. 누구나 쉽게 생각할 수 없는 아름다운 책의 출판을 축복하면서, 감히 추천하기 위해 이 글을 썼습니다.

하루, 한 주간, 한 달, 일 년이라는 기간의 단위가 있지만, 하루하루가 쌓여서 그렇게 되는 것을 고려하면 하루의 일상이 무엇보다 중요합니다. 석근대 목사님은 코로나19와 씨름하며 지내오는 동안 무너져

버린 기존의 일상에서 하나님을 놓치지 않고 발견하는 지혜를 얻으셨습니다. 일상에서 일어나는 크고 작은 일과에서 보고 듣고 느낀 것을 글로 표현하는 것도 쉬운 일이 아닙니다. 석근대 목사님은 아무나 쉽게 생각할 수 있는 일상에서, 아무나 쉽게 생각할 수 없는 역발상으로 좋은 글을 모아서 이 책을 출간하시게 되었습니다.

저는 무엇보다 같은 노회와 지역에서 동기 목사로서 서로가 힘이 되려고 하는 관계이기에, 그 누구보다도 너무 기뻐서 감히 추천합니다. 여러분, 이 책을 통해 일상에서 주님을 만나는 놀라운 일들이 새롭게 일어나기를 소망하며 추천합니다.

오세원 목사 대구 은성교회 담임

일상적인 삶이 이제는 평범하지 않음을 우리는 경험하고 있다. 우리는 '위드 코로나'로 나아가고 있다. 그동안 잃어버렸던 소중한 일상을 되찾자는 움직임이다. 그러나 그냥 쉽게 얻어지는 것은 아니다. 지금 우리는 일상적인 삶을 되찾기 위하여 애쓰고 있다. 그런데 이 책에서 저자는 일상적인 삶의 회복에서 더 나아가 의미 있는 신앙을 찾아가려고 시도하고 있다.

저자와 나는 20년 지기 친구이다. 수년 전에는 함께 안식년을 가지면서 알프스 몽블랑 산군을 트레킹하기도 했었다. 비박(biwak) 장비들을 알뜰하게 준비해 갔는데, 친구는 거기에다가 반짝거리는 하모니카까지 챙겨 왔다. 산행 중 휴식을 하면서 하모니카를 불기도 하고, 어느 때는 넓은 바위 위에서 배낭을 베개 삼아 누워 하모니카를 불며 여행의 풍미를 더해 갔다.

이렇게 가까이서, 때로는 멀리서 바라본 저자에게는 보통 사람들은 그냥 지나버릴 일상에서도 의미를 찾아내려는 남다른 노력이 있다. 그래서 이 책은 우리들의 일상에서 삶의 의미와 신앙을 찾아가는 길에 징검다리가 되어줄 것이다. 그러기에 기쁜 마음으로 추천한다.

김정표 목사 범물제일교회 담임

머리말

어린 시절에는 자연과 함께 무조건 놀았다. 10대에는 시간표에 따라 움직였다. 20대에는 학점 채우기에 분주했다. 30대에는 목회(일)의 굴레 속에 회전목마처럼 돌았다. 40대에는 높이뛰기 선수처럼 껑충 건너뛴 느낌이었다. 그리고 어느 날, 소리소문없이 50대 문턱에 입장하고 있었다.

50대 중반이 되면서, 더 늙기 전에 해 보고 싶었던 꿈을 실현하기 위해 친구와 함께 15일 동안 20kg의 배낭을 메고 몽블랑(프랑스, 이탈리아, 스위스) 트레킹을 했다. 외국어를 제대로 하지 못했지만, 3개국을 움직이면서 깨달은 게 있다. 긴 문장이 아니라 단어 한두 개로도 사람들과 소통이 된다는 것을 몸으로 체득했다. 그 이전에는 실력이 모자라서 아무것도 스스로 할 수 없다는 "꼼짝 마!" 인생이었다. 여행길에서 글씨를 모르면 그림을 보고 음식을 주문하면 되는 걸…. 어! 이렇게 간단한 걸…. 머리가 단순해지기 시작했다.

그리고 나에게 버릇이 하나 생겼다. 사진을 찍고, 간단한 글을 쓰기 시작했다. 그리고 블로그를 시작했다. 그러다가 '글쓰기 공부'라는 것을 접하면서 어리둥절한 상태에서 '책 쓰기 여행'을 신청했다. 글쓰기 요령을 조금 배울까 하는 마음으로 신청했을 뿐인데 "책 한 권을 써야 한다"라는 말을 듣고, 어리석은 선택을 하고 말았다는 후회를 했다. 4박 5일의 일정을 통해서 '글 바느질과 마음 뜨개질'을 하자는 자세로, 블로그를 밑바탕으로 책을 써보자고 도전하게 되었다. 그 이전에는 사진과 글을 대할 때 보고 읽기만 하던 습관이 이제는 '생각 돋보기'를 끼고, 사진을 눈으로 스캔하고, 글자와 단어 하나도 컬러로 복사해 보려고 하는 버릇이 생겼다.

이 책을 읽으면 생각의 물물교환이 일어날 것이다. 가던 길, 하던 일을 잠시 멈추고 '생각 장난'에 입학하면, '글 장날'이 되어 장바구니에 내가 가지고 싶었던 것들이 차곡차곡 쌓이는 기분을 만끽하게 될 것이다. 상품이 아니라 나만의 수제품을 누군가에게 나눌 수 있게 될 것이다.

아무나 '수재'가 될 수는 없지만, 누구나 '수제'는 될 수 있다. 집밥과 된장찌개는 엄마가 만든 수제품이다. 이 책은 수재가 쓴 글이 아니라 수제로 쓴 글이다. 입맛이 다른 독자들이 읽으면서 밥 한 그릇 싹~ 비울 수도 있지만, 한 숟가락 먹고 수저를 놓을지도 모른다. 92세의 노

모가 차려준 밥상이 어설프지만, 난 빈 그릇을 어머니에게 선물한다.

책을 구경해도 좋다. 구입해도 괜찮다. 구박해도 들어야 한다. 한 줄 글이 인생의 구호로 쓰인다면 더없이 행복하겠다. 이 책을 펴~ 주셔서 多(다) 많이 고맙습니다.

오늘이 있기까지 지지해주신 동서교회 당회와 성도님들, 가족 모두에게 감사의 마음을 전합니다.

차 례

일상에서 신앙 찾아가기

길거리

일상에서 신앙 찾아가기

걸림과 걸침

가로수에 걸린 물주머니는 시간이 지날수록 물이 줄어든다.
그 물이 나무를 자라게 한다.
인생도 마찬가지다. 내 지갑이 줄어들면 주변 사람들이 행복해진다.

가로수를 지탱하는 지지대는 태풍도 견디게 한다.
쓰러질 위기를 버티게 한다.
돈을 쓰는 것은 나를 위해 지지대를 세우는 것이다.

나이가 들면서 줄어야 할 것은 욕심이다.
욕심이 줄면 인심이 자란다.
인심이 자라면 주변에 지지대 같은 친구들이 생긴다.

전봇대와 촛대

전봇대와 촛대는 둘 다 어둠을 밝히지만 차이가 있다.
전기는 흐름으로 불을 밝히고, 양초는 녹음으로 빛을 드러낸다.

흐름이 없으면 장벽이다.
녹음이 없으면 얼음이다.

얼음장벽은 추운 겨울이다.
어음장벽은 경제 파탄이다.
마음장벽은 인생 비관이다.

하지만, 화음은 장벽을 무너뜨리는 음악이다.
인생은? 촛불잔치다.

위험과 위협

위험한 일은 미리 조심해야 한다.
자동차에 타면 안전벨트를 맨다.
운전자는 위험한 순간 브레이크를 밟는다.
승객은 위험을 느낄 때 손잡이를 잡는다.

코로나19가 사람들을 위협한다.
비만이 인간을 위협한다.
불어나는 이자가 채무자를 위협한다.
치매가 사람을 위협한다.
미세먼지와 중금속 오염이 지구촌을 위협한다.

'위험'이 '위함'으로 바뀌어야 한다.
'ㅓ' ▶ 'ㅏ'
'어' 다르고, '아' 다르다.
오늘은 180도 회전하는 day~

세일과 매일

세일은?

고객을 끄는 힘이 있다. 소비하게 하는 매력이 있다.

타인을 위해 시간을 세일 하면 내 옆에 사람이 온다.

매일은?

1년 365일!

봄 여름 가을 겨울.

사람이 일평생 세일 하면 안 되는 것은 '진심'이다.

'진심'을 세일 하면 의심받는다.

진심은 언제나 원가로 판매해야 한다.

빨대와 빨래

삶은 빨대다.
빨대는 가늘지만, 빨아들이면 기쁨이 두 배가 된다.
빨대는 음료와 입을 연결하는 이음줄이다.

빨랫줄도 가늘지만, 세탁물을 탈수한다.
옷을 입는 사람에게 상쾌함을 선물한다.
빨랫줄은 몸을 기쁘게 하는 이음줄이다.

인연 줄이 사람의 마음을 연결해 준다.
속삭이는 말로도 위로가 되고,
무겁던 삶의 무게가 증발한다.

상수도와 수도

상수도上水道는 고층 아파트까지 치고 올라가는 힘이 있다.
한 국가의 수도首都는 사람들을 모으는 power가 있다.

상수도와 수도의 공통분모는 '연결'이다.
거미줄처럼 연결되어 식수를 공급하고, 정보를 제공한다.

사람은 누구와 연결되어 있느냐에 따라
하수 인생이 될 수도 있고, 고수 인생이 될 수도 있다.

연결된 인연이 녹슬지 않아야 한다.
녹슬어버린 인연에는 누수 현상이 생긴다.
녹슨 인연보다 녹색 인연이 좋다.

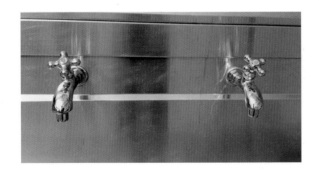

소음과 소식

자동차 브레이크를 밟을 때 강한 소음이 들린다.
이 소음이 운전자를 불안케 한다.
카센터에서 수리한 뒤로는 소음이 들리지 않는다.

소음은 시끄러움이지만, 소식은 미끄러움이다.
소음이 가득한 세상에
기쁜 소식 전하는 편지 한 통 쓰자.

악보와 바보

악보를 모른다고 바보는 아니다.
악보를 몰라도 노래는 부른다.
노래를 잘하면 꾼들이 모인다.

벽돌과 충돌

벽돌이 쌓이면 보금자리가 되고, 충돌하면 폐기물이 된다.
마음이 충돌하면 만리장성이지만, 사랑이 쌓이면 만사형통이다.

벽돌 쌓기는 균형 잡기다. 균형을 잃으면 무너진다.
대저울은 추와 물체가 균형을 이룰 때 가격이 결정된다.
저울추와 물체는 거리 조절을 통해서 균형을 잡는다.

충돌은 사람과의 거리를 멀어지게 만든다.
벽돌이 하나일 때는 한 장이지만, 쌓이면 담이 된다.
벽돌은 we로 하나 되게 하지만,
충돌은 You와 I를 분리한다.

양철과 강철

양철은 음료수 용기나 건물의 지붕에 쓰인다.
가볍기 때문이다.
강철은 기계나 건물의 기둥에 사용된다.
무게를 잘 버티기 때문이다.

양철과 강철의 강도가 다르듯
사람마다 마음의 강도가 다르다.

나만의 세상이고, 나의 인생이다.
세상의 기준에 내 마음의 강도를 맞추지 말라.
그러다 보면 결국 나에게 돌아오는 건
불만족과 상처뿐.

인생은 공장에서 대량으로 생산하는 공산품이 아니다.
난! 하나뿐인 예술품이다.
기준과 표준이 다가 아니다.
'내'가 중요하다.

낙서와 각서

낙서는 남을 의식하지 않는다.
그래서 낙서는 자유와 평화를 준다.
각서는 남을 의식한다.
그래서 각서는 속박과 불안감을 가져다준다.

자유로운 영혼으로 사는 인생은 낙서 인생이다.
타인의 시선을 의식하며 사는 사람은 각서 인생이다.
낙서는 놀이터지만, 각서는 자물쇠다.
낙서는 무제한이지만, 각서는 제한적이다.

진정한 기쁨은
'각서'가 아니라 '낙서'다.

흔적과 부적

녹슨 흔적은 철이 부식되고 있음을 보여준다.
부식된 철은 힘이 없다. 녹슨 못은 부러진다.

부적은 인간의 연약함을 보여준다.
부적은 속임수다. 부적은 사람을 무너뜨린다.

녹슨 흔적과 부적은 사람을 무너뜨리지만,
녹용은 사람의 기력을 보충해 준다.

인생!
'녹'보다 '녹용'이다.

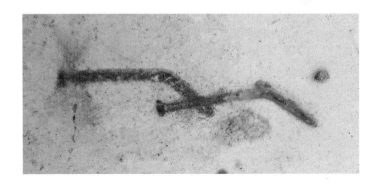

거울과 저울

거울에 비친 자신의 모습을 표정으로 확인한다.
기쁜 얼굴과 슬픈 얼굴은 주름살 숫자가 다르다.

저울도 숫자에 따라 가격이 다르다.
거울과 저울은 속이지 않는다.

거울과 저울은 인간에게 속이지 말라고 교훈한다.

못Nail과 연못Pond

'못!'
작지만, 나무와 나무를 연결하는 큰 힘이 있다.
압력순간 충격으로 작품을 완성한다.
못은 드러나지 않는 작은 보석이다.

'연못!'
빗방울이 낮은 곳에 모이면 연못이 된다.
자리다툼도 없고, 서열도 따지지 않는다.
무조건 합류한다.

못 하나는 가라앉지만,
못으로 연결된 나무는 배가 되어 연못에 뜬다.

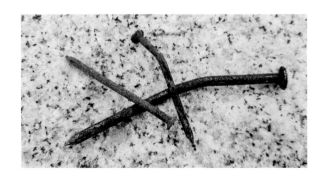

조각과 시각

조각은 좁아짐이다.
통나무가 연필이 되는 원리이다.

시각은 넓어짐이다.
동네 놀이터에서도 세계를 여행한다.

조각은 고정이지만
시각은 움직임이다.

우리의 시선은 사랑하는 사람에게 고정된다.
삶은 눈동자 굴리기이다.

인-도와 인도

전 세계 인구 2위 인도, 인도의 수도는 New Delhi.
인간이 걷는 길은 인도, 도심의 인도는 퍼즐 조각 맞추기다.

무인도도 사람이 가면 인도가 된다.

손바닥을 마주치면 손뼉이 되고, 눈을 마주치면 윙크가 된다,
입을 맞추면 키스가 되고, 마음을 맞추면 하트가 된다.

인생은! 낮춤과 맞춤의 아름다운 조화다.

'옷' 글자

'옷'이라는 글자를 보면, 양팔을 벌리고 서 있는 사람의 모습이다.

바느질로 옷을 수선하면 원하는 패션이 된다.
패션은 외모를 가꾸고, 칭찬과 격려는 인간의 내면을 바꾼다.

칭찬은 결과에 대한 것이지만,
격려는 결과와 상관없이 하는 것이다.

격려는 '우르르 까꿍!' 하면 웃는 거다.
격리는 38선에서 대남 대북 방송하는 거다.

지붕과 지하

지붕은 마무리와 덮음이다.
지붕은 경사로이다.

지하는 기초와 파냄이다.
지하는 수평을 유지해야 한다.

지붕은 드러남이지만
지하는 묻어둠이다.

미소는 지붕처럼 드러내고
미움은 지하처럼 묻어두자.

깔기와 깎기

깔기는 늘어남이다.
깎기는 좁아짐이다.
주름살이 늘수록 속이 좁아진다.

바닥과 바탕

바닥은 현재의 위치다.
건물을 세우기 위한 발판이며, 수평이 생명이다.

그림은 바탕색이 중요하다.
그림과 물감이 바탕을 만나면 걸-작품이 탄생한다.

pc의 바탕화면은
전 세계를 품을 수 있는 제2의 바닥이다.

바닥에 살아도,
세계를 품을 수 있는 꿈은 내 마음 바탕에 있다.

2 꽃

일상에서 신앙 찾아가기

별과 벌

별 모양의 노란 꽃 한 송이에
벌 한 마리가 지나가면
호박이 남는다.

내가 한 번 지나간 자리엔
무엇이 남아 있는가?

공수空輸와 공격攻擊

벌은 꽃을 디딤돌 삼아 부지런히 이동한다.
뒷발에 꿀을 저축하기 위해 화분을 공수한다.

꽁무니엔 공격용 주사기가 있다.
그러나 선제공격은 하지 않는다.

사람은 공수를 위해 공부하고 출근한다.
불행을 공격하기 위해 운동하고, 노폐물을 배출한다.

부지런히 움직이면 꿀이 모이고,
부정부패에 노출되면 공격당한다.

나비와 소비

나비는 꽃을 찾아 수정시킨다.
소비는 유행 따라 돈을 지출한다.

꽃도 유행도 한순간이다.
인생은 순간이 아니라 영원이다.

세상을 마감하는 날, 0원으로 떠난다.
인생은! 호랑나비

꽃길과 손길

손길이 꽃길을 만든다.
꽃길은 손잡고 데이트하게 한다.

꽃같이 곱디고운 손이
어느덧, 떨리는 손이 되고 만다.

노인 얼굴에 새겨진 주름살은 꽃무늬와 같다.
다 빠진 치아에 잇몸으로 웃지만,
노인의 미소는 나팔꽃이다.

장미와 개미

피어나는 장미와 기어 다니는 개미~
개미는 먹이를 찾기 위해 곡선으로 다니다가
먹이를 발견하면 직선으로 먹이를 옮긴다.

누구든지
배부르면 웃음꽃이 핀다.

꽃과 열매

꽃은 향기로 시집가고
열매로 며느리가 된다.

며느리는 무거운 과일상자다.
가끔은 썩은 과일도 있지만
맛 좋은 과일이 더 많다.

이 땅의 며느리들을 응원한다.
꽃다운 청춘은 갔지만
열매를 남겼으니 일등 공신이다.

민들레와 바람

민들레의 현재는 꽃이지만, 미래는 홀씨가 된다.
홀씨가 되기까지는 인내가 필수다.

홀씨는 바람과 친구가 되고
흙과 결혼하여 꽃집을 짓는다.

바람에 흔들리며 춤추는 홀씨는
봄을 배달하는 우체부.

꽃

꽃은 색깔도 크기도 모양도 향기도 다양하다.
하지만, 어느 꽃이나 찾아오는 손님이 있다.
벌과 나비다.
꽃은 벌과 나비를 만나면 열매가 남는다.

예수님은 꽃이다.
꽃은 벌침이 있어도 환영한다.
연약한 나비도 반겨준다.
꽃향기로 환영하며 반겨주는 주님께
나는 오늘도 날갯짓한다.

3 사람

일상에서 신앙 찾아가기

용접과 영접

용접은 철과 철을 붙여 주고
영접은 마음과 마음을 이어 준다.
용접엔 기술이 필요하고
영접은 태도가 중요하다.

인생은 딱풀이다.
딱풀은 A와 B를 붙게 한다.
줄기와 가지가 붙어 있으면 많은 열매를 맺는다.
용접봉이 녹으면 용접이 되고
마음이 녹으면 영접이 된다.

방역과 방범

코로나19가 백신을 연구하고 개발하게 했다.
확산을 예방하기 위해 방역을 강화하고 있다.
밤길 안전 귀가를 위해 방범을 강화하고 있다.
어두운 골목길, 방범을 위해 가로등을 설치해 둔다.

코로나19보다 더 악질적인 바이러스는 강도와 절도이다.
강도와 절도의 백신은 방범이다.
강도와 절도의 방역을 위해 손을 씻어야 한다.
움켜쥐려고만 하는 손을 펼쳐야 한다.
인생은 나누지 않으면 확~찐비만 자가 된다.

그림자와 남자

그림자는 색깔이 있다.
움직임의 색깔이다.

남자에게는 성깔이라는 색깔이 있다.
성깔은 그림자로 덮어야 한다.
안 그러면 쓸모없는 말만 한다.

'움직이면 쏜다.'
자기만 안 움직이면 쏠 사람 없다.
이런 남자의 색깔!
버리는 것이 답이다.
만약 버리지 않는다면 그 남자는 바보다.

동행

그대가 '주먹'을 내면 당신이 이긴 겁니다.
당신이 '보'를 하면 내가 이긴 겁니다.

이기고 지는 것보다 중요한 건 '동행'입니다.
삶은! '가위바위보!' 하면서 함께 하는 겁니다.

'업다'와 '없다'

결혼은 '업-다'
이혼은 '없다'.

없으면 춥지만
업히면 따뜻하다.

인생은 '어부바'이다.

손가락과 젓가락

손가락은 '잡음'이고, 젓가락은 '잡힘'이다.
부드러운 손가락이 강한 젓가락을 움직인다.
굽힐 줄 모르는 젓가락을 굽은 손가락이 쓸모 있게 사용한다.

인생은!
굽히는 것이다.
내가 굽히면 강철 같은 사람도 붙잡을 수 있다.

투명과 불투명

투명은 양면으로 보이지만
불투명은 한 쪽으로만 보인다.

가족과 친구는 투명관계다.
상사와 부하는 불투명으로 지낸다.

출근이 행복한 사람은 투명 감사패를 만든다.
출근이 불편한 사람은 불투명 액자를 제작하고 산다.

앞모습과 뒷모습

화장대 앞에서는 마주보기 하며 앉지만
싱크대 앞에서는 홀로서기 하며 선다.

앞모습은 가꿈이지만
뒷모습은 보냄이다.

여인의 행복은 자신을 위한 가꿈의 시간이다.
가꿈을 위하여 오늘은 용돈 주는 날!

옥수수

쪄먹는 옥수수는 하모니카를 연주하는 맛.
음악가의 매력은 고음도 저음도 소화한다는 것.

뻥튀기는 부드러운 맛.
옥수수가 뜨거운 온도를 견디면 뻥튀기가 된다.

사람은 고민 + 고독 + 고통 + 고생의 온도를 지나면서 삶아진다.
인생은 삶아지는 것이다. 삶아지면 부드러워진다.

은행銀行과 은행銀杏

은행銀行은 희로애락이 오락가락한다.
은행銀杏은 사람들의 추억이다.

통장에 잔고가 쌓이면 기쁨도 올라간다.
은행나무에 씨앗이 달리면 고약한 냄새가 진동한다.

은행銀行과 은행銀杏은
슬픔과 기쁨의 교차로이다.

50대 중반을 지나서

20kg의 배낭을 메고 15일을 걸었다.
쉬는 시간에 배낭을 내려놓고 바닥에 엎드린다.
인생의 무게도 그냥 내려놓으면 되는 것을….

55년의 세월을 무게로만 살았다.
짐을 내려놓고 엎드리면
내 마음은 뭉게구름이 되어 둥실둥실 하늘을 난다.

여행의 즐거움

군복 입었을 때,
이 자세는 낮은 포복이다.
그 맛은 죽 맛이다.

여행 중에,
이 자세는 달콤한 휴식!
그 맛은 꿀맛이다.

빙 하 수

만년설로 커피를 내리는 바리스타가 된다.
혀가 거칠면 빙하지대!
혀가 부드러우면 무대 위에 선 가수.

폐 ☞ 달 ☞ 인 ☞ 생

폐 폐는 호흡 기관, 산소를 공급하고 이산화탄소를 배출한다.
달 달은 햇빛의 도움을 받아 밤하늘에서 지구를 비추어 준다.
인 인기는 단거리지만, 인심은 오래달리기다.
생 생각은 할수록 무無 진盡 장藏

밟힐수록 용수철은 높이 뛴다.
급急브레이크와 고성방가는 한 쌍의 부부다.
거친 소리는 생명을 단축한다.
인생은 두 종류, 페달 인생 & 폐단 인생

생활용품 ⁴

일상에서 신앙 찾아가기

원탁과 발탁

tea 테이블 원탁에 혼자 앉아 있다.
보고 싶은 사람의 얼굴이 원탁에 그려진다.
tea 테이블 원탁은 두 사람 마주보기다.
마주 보면 원수도 친구가 되고
등지면 친구도 원수가 된다.

청탁은 사막 길! 발탁은 레드 카펫!
사막 길도 마주 보면 레드 카펫
레드 카펫을 혼자 걸으면 사막 길
함께 워킹하면 내 마음은 'king'이다.

주름과 가름

커튼Curtain의 주름은 세상을 연다.
이마의 주름은 마음을 닫는다.

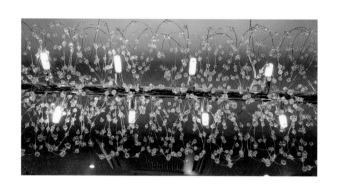

조명과 누명

조명이 어두운 누명을 밝혀준다.

간판과 절판

간판은 고정된 알림장이다.
글과 그림과 조명으로 행인의 시선을 끌고, 손님을 초대한다.
손님이 많으면 절판이다.
주인에게 절판은 기분 좋은 마무리다.
손님에게 절판은 아쉬움의 현장이다.

코로나19로 생업은 절판이 아니라 빙판이 되었다.
인생살이가 빙판이 되는 이유는 지나친 계산 때문이다.
사람들의 마음이 이판사판이다.
코로나19가 끝장나고 간판에 불이 켜졌으면 좋겠다.

일상에서 신앙 찾아가기

연통과 숨통

연통은 나감이다.
숨통은 들어오고 나감이다.

통의 원지름 크기보다
더! 소중한 건
'소통'이다.

호스와 호수

호스는 물을 보낸다.
호수湖水는 물을 담아둔다.
물은 사막도 오아시스로 만든다.

등

등燈은 어두울 때 더욱 빛난다.
아기에겐 엄마 등이 세상에 하나뿐인 침대!

입력과 출력

가방은 입력과 출력이다.

배움의 입력이 멈추고
입으로 출력만 작동하면
늙은이!

입력과 출력이
같이 활동하면
젊은이!

책을 읽으면 젊게 사는 거다.

파라솔과 관솔

소나무가 죽으면 관솔이 남는다.
관솔은 향기로 존재감을 드러낸다.

파라솔은 그늘로 자기의 정체성을 밝힌다.

삶은!
누군가에게 파라솔이 되는 거다.
나만의 향기를 내뿜는 관솔이 되어가는 거다.

보자기와 보조개

보자기는
감싸주는 거다.

보조개는
'볼'과 '조개'가 합쳐진 말,
'볼우물'이라고도 한다.

보조개는 웃을 때 생긴다.
실수도 한 번쯤 감싸주면 '보조개'가 된다.

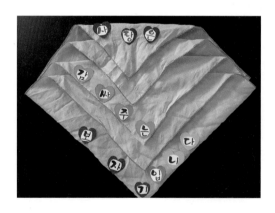

배관과 비관

배관은 연결이며 통과다.
막히는 순간!
비관이 시작된다.

행복한 인생은
'막힘'이 아니라
'뚫림'이다.

전화기와 소화기

전화기는 소통의 강물이며
communication의 바다이다.

소화기는 단절의 만리장성이며
불과의 전쟁이다.

이별은 소화기
가는 정 오는 정은 전화기.

산다는 건 '통화중'이라는 것.

유선과 무선

유선이 전기라면 무선은 전파다.

전기는 따뜻함과 시원함을 제공한다.

전파는 소리로 기쁨을 주고, 음악으로 즐거움을 선물한다.

유선 인생도 소중하다.

무선 인생도 중요하다.

그런데!

합선은 위험하다.

화재 발생의 원인!

커피와 코피

커피는 만남의 광장이다.
코피는 과로의 광천수다.

커피는 향기로움이다.
코피는 징그러움이다.

인생은!
코피 흘림과 커피 내림의 두 갈래 길이다.

일상에서 신앙 찾아가기

화로와 미로

화로는 따뜻해서 사람이 모인다.
미로는 이리저리 방황한다.

모임과 방황이 반복되는 것이 인생.
방황은 미니스커트로
따뜻함은 롱부츠로.

today!
방황은 스포츠머리
따뜻함은 긴 머리 소녀.

붙들림과 흔들림

그네는 흔들려야 기분이 좋다.
그네는 줄에 붙들려야 제 역할을 한다.
그네의 흔들림은 바람을 느끼는 것이며,
아찔한 순간을 만끽하는 것이다.
그넷줄을 잡는 순간부터 흔들림의 시작이다.
흔들리는 게 인생이다.

인생은 두 종류.
줄을 놓칠세라 떨고 사는 인생,
흔들리더라도 '야호!' 외치는 인생.
인생은
줄^僕이 아니라 나! '그네'다.

방석과 방귀

방석은 거부를 못 한다.
사람 가리지 않고 자리를 내어준다.
엉덩이 모양으로 낯가리지 않는다.
그저 엄마의 마음으로 다 받아준다.

방귀는 어떤가?
방귀는 누군가 받아줘야 한다.
방귀를 가장 잘 받아주는 친구가 방석이다.
결국 방석과 방귀는 친한 친구다.

방귀는 공포탄, 방석은 방탄!
그래서 삶이란? '방귀 뽕~'이다.

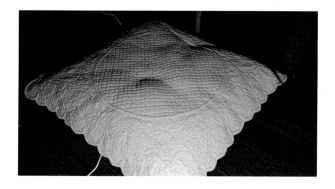

밀대와 갈대

밀대는 바닥을 밀며 움직여 닦아낸다.
밀대는 더러워지지만, 그 덕에 바닥은 빛이 난다.

갈대는 제 자리를 지키며 역할을 한다.
강물의 수위를 조절하며 물고기의 보금자리가 된다.

밀대는 자리를 이탈하면서 청결을 지키고
갈대는 자리를 지키면서 수질을 깨끗하게 한다.

밀대와 갈대의 공통점은 청결이다.
마음이 청결하면 하나님을 본다.

우산과 유산

우산은 비 내림의 방패!
유산은 가난의 방패!

화살 없는 방패는 낭패다.
책을 덮으면 낭패!
독서는 삶의 방패!

도자기와 보자기

도자기는 흙으로 뭉치고
보자기는 가는 실로 짠다.

도자기는 물을 담지만
보자기는 물건을 감싸준다.

도자기는 뜨거운 불을 견디고
보자기는 무거운 짐을 버틴다.

견딤과 버팀이라는
두 개의 수레바퀴를 굴리며 가는 게 인생이다.

5
소풍

일상에서 신앙 찾아가기

북과 book

북은 울림이다.
book은 알림이다.
book을 읽으면 세상을 향한 울림이 된다.

알림은 마침표이지만
울림은 느낌표이다.

산다는 것은
book 읽고 북 치는 거다.

울림과 들림

'들림'은 청각을 건드리지만
'울림'은 가슴을 움직인다.

'여자'와 '남자'의 만남은 '떨림'이다.

데이트는 '삼각관계'가 아니라
맑은소리를 울리는 '트라이앵글'이다.

풍선과 풍파

풍선은 바람을 모으는 일편단심
풍파는 바람과 함께 풍비박산.

바람은 풍력발전소와 돛단배를 움직이는 동력이다.

눈에 보이지 않는 바람은
동력으로 전기를 생산하고
바다를 항해하는 교통수단이 된다.

바늘과 비늘

바늘,
따갑지만
마무리는 깔끔하다.

비늘,
벗겨져야 하는 고통이 있지만
벗겨지면 부드럽다.

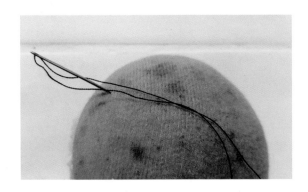

일상에서 신앙 찾아가기

마스크와 disc

마스크는 미세먼지를 차단한다.
CD 디스크는 작지만 온 세계를 저장한다.

마스크는 짧게 쓰임 받지만
CD 디스크는 오랫동안 보관한다.

마스크는 건강을 위한 가림막이지만
CD 디스크는 지적 건강을 위한 보호막이다.

인생은 '막'에 들어가야 한다.
하나님께서는 인간을 보호하시려고 '성막'으로 초대하셨다.

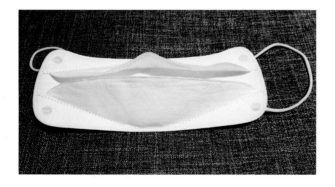

부채와 부채debt

부채는 땀을 날려준다.
그래서 부채는 흔들수록 시원해진다.

부채debt는 마음에 부담을 준다.
그래서 부채가 쌓일수록 답답해진다.

단추와 배추

단추를 잠그면 패션이 된다.
배추는 담그면 김치가 된다.
단추를 풀면 시원하다.
배추가 물에 잠기면 시원한 동치미!

인생은?
꼬임과 풀림, 답답함과 시원함의 톱니바퀴!
삶은 돌고 도는 물레방아 인생~

단추를 풀기 위해 오신 예수님의 성탄입니다.
성탄은 '풀기'입니다.

종이

종이는 나무가 고향이다.

종이는 얇아야 가치가 있다.

종이가 점점 사라지는 시대이지만 작가는 존재한다.

일상에서 신앙 찾아가기

바구니

바구니는 '받아줌'이다.

WHY?

나누기 위해서.

가위와 사위

가위는 절단의 도구이다.
하나를 둘로 나눈다.

사위는 연결고리이다.
딸과 함께 한 가정을 이룬다.

가위는 '날카로움'이 생명이다.
사위는 '정다움'이 필수다.

일상에서 신앙 찾아가기

요지와 가지

요지는 치아 사이를 왕복하며 틈을 만든다.
나뭇가지는 뻗어가면서 개미의 길을 만든다.

요지는 상쾌함을 선물한다.
가지는 그늘과 함께 시원함을 제공한다.

삶은 '틈' 사이를 조절함이다.

끼움과 지움

끼움은 틈이 있다.
지움은 흔적이 사라진다.

끼움은 상부상조이다.
지움은 상실이다.

인생의 보람은
상실감이 아니라 상부상조하는 거다.

우리 사이

마우스는 손가락과 터치 사이
마우스와 손등은 가깝지만 지구 끝 사이
부부는 손등이 아니라 손가락과 마우스 사이이다.

귀마개와 귀

귀마개와 귀 사이는 mm
찬바람과 귀 사이는 km.

인생은 가깝고도 먼 당신이다.
바람피우는 사람은 냉혈동물!

양반과 양말

양반은 복장을 갖추어야 외출한다.
양말은 보이지 않는 외출복이다.

발이 편해야 외출이 행복하다.
양말을 무시하지 마라.

밀착과 집착

안경은 눈과 집착 관계,
안경과 안경집은 밀착 관계.

시누이와 올케 사이는 밀착,
친정엄마와 딸은 집착 관계.

가정은
밀착과 집착의 군사분계선이다.

토막과 사막

토막은 끊어짐이다.
사막은 수분의 증발이다.

나무토막은 톱밥을 남기고,
사막의 모래는 여행자의 발자국도 삼켜버린다.

숲길을 걸어도 마음이 사막인 사람이 있다.
사막을 걸어도 마음을 가꾸는 베두인족도 있다.

팽이와 괭이

팽이는 얼음판 위에서 아이들에게 동심의 세계를 그린다.
괭이는 땅을 파헤치는 어른들의 삶의 터전이다.

팽이 놀이도 억지로 하면 노동 현장이 되지만,
노동도 즐기면 놀이동산이 된다.

인생은!
즐기며 일하는 것이다.

우리가 너희와 함께 있을 때에도 너희에게 명하기를 누구든지
일하기 싫어하거든 먹지도 말게 하라 하였더니 _데살로니가후서 3:10

식물 ⁶

일상에서 신앙 찾아가기

옥수수와 수수

옥수수는 숨어서 영글어간다.
수수는 노출되어 익어간다.

옥수수 인생은 내면을 숙성한다.
수수 인생은 겉모습만 꾸민다.

삶은?
'자랑'이 아니라 '자람'이다.

보리와 다리

보리는 겨울을 견딘다.
겨울을 견뎌야 수확을 할 수 있다.
찬바람은 보리를 죽이는 것이 아니라
더 파란색으로 새싹을 틔우게 한다.

다리는 무게를 견딘다.
다리에게 25톤 트럭의 무게는 죽을 맛이다.
죽을 맛을 견딘 다리는 사람과 자동차의 이음줄이 되어준다.
목적지에 데려다주기 때문이다.

일상에서 신앙 찾아가기

쌀쌀한 사람과 마주칠 때가 있다.
부담감이 밀려온다.
죽을 맛을 경험했던 그 옛날 보릿고개처럼!

보릿고개를 거쳐야 제대로 된 인생이 된다.
아브라함에게는 모리아 산이 보릿고개였다.
이삭에게는 우물을 빼앗길 때가 보릿고개였다.
야곱은 고생스러운 일의 품삯을 못 받을 때가 보릿고개였다.

보릿고개는 보릿고개로 끝나지 않는다.
5월 봄날에 수확의 기쁨을 만난다.
보릿고개는 모든 인생이 넘어야 할 10부 능선일 뿐이다.

호박과 대박

호박은 성장의 열매다.
대박은 한순간 일어나는 충격이다.

호박은 익을수록 씨앗을 품지만,
대박은 쪽박으로 가는 지름길이다.

소박한 삶은?
호박전을 먹을 수 있는 여유!

열매와 할-매

열매는 익어감이다.
할-매는 늙어감이다.

익은 열매는 달콤하다.
할-매는 사탕을 좋아한다.

사랑은
녹아내리는 사탕이다.

콩과 쿵

'콩'이 '쿵!' 해야 합니다.
콩 자체로는 딱딱할 뿐입니다.
'쿵!' 하는 순간 맛을 내는 음식이 됩니다.
맛있는 두부입니다.

어제는 더 맛있는 순부두를 먹었습니다.
머리가 '쿵!' 해졌습니다.
오늘도 '쿵!' 하고 싶습니다.
마음이!
다른 사람들이 나를 맛있게 여길 수 있도록 말입니다.
콩! 은 쿵! 해야 합니다.

담쟁이와 깍쟁이

담쟁이는 돌멩이의 배려를 타고 올라간다.
깍쟁이는 이익만 챙기고 남을 배려하지 않는다.
배려하지 않는 인생은 배신당하는 그 날이 번개처럼 다가온다.

돌멩이는 담쟁이에 등을 내어준다.
빨리 오르라고 재촉하지도 않는다.
늦게 간다고 나무라지도 않는다.
담쟁이 속도에 맞춘다.

속도를 맞추면 속이 쓰리지 않다.
속이 쓰린 것은 '과속' 때문이다.

사과apple와 사과sorry

사과apple는 입안으로 들어가는 입력
사과sorry는 입 밖으로 나오는 출력

입력은 상큼하게
출력은 상쾌하게

멋쟁이는 AS MAN.

몰림과 밀림과 울림

세상에는 세 가지 '림'이 있다.
'몰림', '밀림', '울림'이다.

바람은 낙엽을 '몰림'으로 이끈다.
복잡한 곳은 서로에게 '밀림'을 재촉한다.
지하철에서 이리저리 '밀림'은 어깨도 못 펴게 한다.

사람을 밀림으로 몰면 안 된다.
울림으로 몰아야 한다.

'몰림', '밀림', '울림' 그중에 제일은 울림이다.

넘어짐과 무너짐

넘어짐은 무게를 견디다 못한 쓰러짐이다.
무너짐은 무게와 함께 사라짐이다.

넘어짐은 Up 그레이드가 필요하다.
무너짐은 Re 모델링이 중요하다.

인생은!
스프링이다.

악을 악으로, 욕을 욕으로 갚지 말고 도리어 복을 빌라.
이를 위하여 너희가 부르심을 받았으니 이는 복을 이어받게 하려 하심이라
_베드로전서 3:9

호박씨와 수박씨

하얀 호박씨는 까서 먹는다.
검은 수박씨는 버린다.

호박씨는 in
수박씨는 out.

뒤에서 호박씨 까는 사람은 out 인생!
복된 인생은 속 시원한 수박 한 조각이다.

흠과 흥

나무의 흠은 상처요 흉터다.
흉터가 있는 나무라도
바람 소리에 맞추어 숲을 무대로 춤을 춘다.

흥은 춤추며 노래하게 하는 악보樂譜다.

흠이 있을지라도 춤추는 나무가 있어 숲이 아름답다.
산새들이 흥겹게 노래를 한다.

흉터가 남은 나무를 보니 미안하고 고맙다.

들판과 철판

들판은 농부들의 사계절 공연장
철판은 기술자들의 주야간 무대.

공연과 무대는 단짝이지만
무대가 공연을 돋보이게 한다.

공연은 'End'이지만
무대는 'And'이다.

eggplant_{가지}와 kind_{가지}

eggplant가지는 식용이다.
입을 즐겁게 한다.
몸을 건강하게 하고 염증 치료에도 도움을 준다.
밥과 같이 있으면 금상첨화다.

kind가지는 줄기와 이웃사촌이다.
나뭇잎에 수분을 공급하는 일을 하지만,
줄기가 없으면 무용지물이다.
줄기와 가지는 '2인3각'이다.

집중하지 못한 인생은?
'가지가지' 한다.

침엽수와 활엽수

침엽수는?

숲속의 바늘이지만 찌르지 않는다.

활엽수는?

그늘을 만드는 부채이다.

'찌르지 않고 감싸주는 것'을 두 글자로 줄이면?

'인심仁心'

도토리와 빅토리 victory

도토리는 가을이 되면 열매가 단단해진다.
단단한 열매가 되기 위해 봄에는 벌과의 전쟁을 견딘다.
여름에는 뜨거운 태양과 싸운다.

빅토리는 운동선수들의 로망이다.
땀과의 전쟁이다.
자신과의 싸움에서 승리할 때 주어지는 선물이다.

도토리와 금메달은 익을수록 둥글다.
인생은 삼각형이 아니라 동그라미다.
동그라미 그리려다 무심코 그린 얼굴이 누구일까?

솔방울과 물방울

솔방울은 나뭇가지에 붙어 있는 별
물방울은 구름을 떠나는 이별.

엄마에게 아기는 솔방울
사춘기 청소년은 엄마에게 물방울.

한쪽과 반쪽

한쪽은 1일이다.
반쪽은 1/2이분의 일이다.

부부가 한쪽이면 행복 1번지!
부부가 반쪽이면 고독 2번지!

부부가 함께하면
쪽방도 옥탑방도 행복 아지트다.

은행잎과 은행

은행잎단풍은 나뭇잎의 엽록소가 빠져서 색깔이 아름답다.
선한 일을 위해 빠져나간 통장의 돈도 아름답다.

욕심을 빼면 인심이 되고
교만을 빼면 교제가 시작된다.

삶은?
빼기다.

뿌리와 유리

뿌리는 묻힘이지만, 자라남의 시작이다.
유리는 보임이지만, 드러남의 시초이다.

희생은 묻힘이지만, 탄생은 보임이다.
가수는 드러남이지만, PD는 묻힘이다.

어머니의 묻힘이 자식의 드러남이다.
코로나19 바이러스는 드러남이지만, 백신은 묻힘이다.

십자가의 죽음은 묻힘이지만, 부활은 드러남이다.

7 여행

일상에서 신앙 찾아가기

가방과 가발

책가방 속에는 무슨 책이 들어 있는지 알 수 없다.
가발을 쓰고 있으면
대머리인지, 소갈머리인지, 주변머리인지 알 수가 없다.

가방은 뭐든지 다 받아주는 어미의 마음이다.
가발은 부끄러움과 수치를 가려주는 어미의 주름살이다.

삶은?
멋 내는 아가씨가
맛 내는 엄마가 되는 것이다.

나팔과 반팔

나팔은 예술이다.
반팔은 패션이다.

나팔은 고음과 저음의 왕복운동
반팔은 더위와 추위의 나침판.

삶은?
나팔수가 되는 거다.

그물과 눈물

그물은 물건을 담아서 보호한다.
눈물은 보고픔이다.
이별은 그물처럼 연결하라.
사별은 눈물로 달래라.

모든 사물은 그물처럼 연결되어 있고
모든 사람은 눈물로 연기한다.
그물은 물체요, 눈물은 물질이다.

하나님은?
괴물이 되지 말라고
인간에게 눈물을 선물로 주셨다.

발판과 철판

발판은 발을 편하게 하는 도우미
철판은 입맛을 돋우는 요리사.
발판도 철판도 평면이다.

입체로 움직이는 인간은 평면을 그리워한다.
발판에 발을 맡기고, 철판에 입을 맡긴다.
어미의 젖 물림은 뺏김이 아니요 맡김이다.

삶은?
뺏김이 아니라 맡김이다.

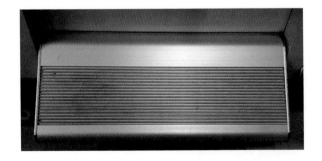

자갈과 배갈

자갈은 하나 됨을 만드는 마술사다.
깨어진 자갈은 건축 자재와 잘 어울린다.

배갈은 친구를 불러 모아 하나를 만든다.
깨어진 수수가 효모와 하나 되면 맛 좋은 곡주가 된다.

인생은 깨어짐이다.
산다는 건 '떠벌림'이 아니라 '어울림'이다.

비행기와 보행기

비행기는 국제내선이다. 보행기는 방콕집안행이다.

비행기는 활주로가 필요하지만, 보행기는 없어도 된다.

비행기는 관제탑이 따로 있지만, 보행기는 엄마가 관제탑이다.

비행기는 이륙과 착륙을 하지만, 보행기는 착륙만 한다.

비행기 탑승은 나이 제한 없지만, 보행기는 제한1세 미만이 있다.

비행기는 구름을 뚫고 날아가고, 보행기는 방바닥을 밀며 굴러간다.

비행기도 보행기도 다리에 힘이 있을 때 탈 수 있다.

삶은? 다리 힘이다.

멈춤과 주춤

멈춤은 빨간색 신호등
주춤은 황색 신호등

인생은
주춤거림과 멈춤 사이에서 갈등한다.
갈등이 멈추면 사랑이 되고,
갈등이 길어지면 사고가 난다.

주춤거림과 멈춤 사이는 1초이다.
사랑과 사고는 1초에 달려 있다.

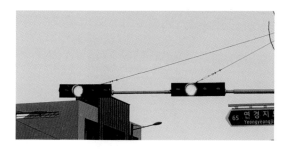

부채와 부~채

부채는?

시원함이다.

더위를 식히는 원조 에어컨이다.

살면서 식혀야 할 것이 '분노'다.

분노를 식히지 않으면 입이 거칠어진다.

부~채는?

부담감이다. 부담감이 커지면 물리적인 행동이 폭발한다.

안 보이는 분노와 부담감이 sea wave가 되어 사람을 쓰러뜨린다.

분노와 부담감은 쓰레기통으로 보내라.

핸들과 hand

UNTACT 시대!

운전자는 핸들과 대면한다.

hand!

씻을 때는 대면이지만, 밥 먹을 때는 UNTACT.

코로나19 시대,

백신효과가 아무리 좋아도 손 없으면 무용지물이다.

손!

귀하다. 고맙다.

나에게 주어진 귀한 선물.

달력과 출력

달력은 열두 장에서 시작하여, 시간이 지날수록 장수가 줄어든다.
12, 11, 10, 9, 8, 7, 6, 5, 4, 3, 2, 1, 0 ···.
어느새 한 해가 다 지나간다.

프린터는 시간이 지날수록 출력된 종이 장수가 점점 늘어난다.
1, 2, 3 ··· 10 ··· 100 ··· 200 ···.
어느새 책 한 권이 출력된다.

나이 들수록 인생의 달력은 얇아진다.
얇아지는 달력에 한숨 짓는 대신
하루하루 원고를 쓰다 보면 한 권의 책이 완성된다.

일상에서 신앙 찾아가기

나 호텔 cup

자기소개: My name is hotel cup.

엎드린 컵, 객실 손님이 들어오면 물맛을 본다.

휴지 걸이

휴지 걸이는 한쪽으로만 돈다.
사용자는 뒤도 안 돌아보고 버린다.
뒤처리하는 궂은일은 다하는데….

"다~싸도,
내가 없으면 시원하진 않을 거야."

게이트와 사이트

게이트는 사람이 출입한다.
사이트는 사건이 왕래한다.

사람은 사건을 통해서
사상이 'make up' 된다.

문과 moon

문을 열면 moon이 보인다.
마음을 열면 mind가 들뜬다.

달도 뜬다.
마음도 뜬다.

일상에서 신앙 찾아가기

모자와 母子

모자는 '가림'이지만,
母子는 '가까움'이다.

모자는 '덮음'이지만,
母子는 '안음'이다.

십자가는 허물을 덮어주고,
사랑으로 안아주심이다.

휴지와 휴식

사용한 휴지는 버려지면서 구겨져, 주름이 생긴다.
휴식은 healing이다. 인생의 주름이 펴진다.

휴지를 재활용하면 자원이 된다.
휴지 같은 인생도 휴식을 취하면
주름진 인생이 다림질 인생으로 바뀐다.

인생은?
세탁소다.

주님은 세탁 전문가다.

8 음식

일상에서 신앙 찾아가기

귤

　천 원짜리 지폐는 한 장이지만 100원짜리 동전으로 나누면 10개가 된다. 겉모양은 하나지만, 껍질을 벗기면 10개가 넘는 조각이 있다. 귤이다. 귤 하나로 10명이 나누어 먹을 수 있다.

　사랑은 귤과 같다. 나 혼자 먹으면 '욕심'이지만 나누어 먹으면 '인심'이 된다. 자기만 사랑하면 '애착'이지만 나누면 '애정'이 된다. 나만 사랑하면 '에고'가 강해지고 '사고력'이 좁아진다. 이웃을 사랑하면 '마음 창고'가 넓어지고 인간관계는 '운동장'이 된다.
　하나님 사랑도 마찬가지다. 지구는 하나고, 지구촌 모든 사람을 사랑한다. 하나님 사랑은 나눌수록 넓어진다. 사랑을 나누면 '우리'는 '우주'가 된다.

　귤은 내 손에서부터 시작되는 또 하나의 우주다.

사탕과 온탕

막대사탕은 입이라는 온탕을 만나 달콤한 맛을 남긴다.
책임을 다한 막대기는 자기의 갈 길을 간다.

온탕은 때를 벗기는 리허설이다.
때와의 전쟁터이다.
노출되는 순간 사라진다.

삶은?
남김과 들킴의 연속이다.

쿠키와 쿠폰

쿠키는 입을 즐겁게 한다.
맛난 음식을 만나면 기쁨이 충전된다.

쿠폰은 행복 충전이다.
또 한 번 물건을 살 기회다.

쿠키 하나를 선물로 받았다.
쿠폰 받은 기분이다.

인생은 쿠키와 쿠폰이다.
쿠키가 나에게 웃음을 준다.

남김과 숨김

남긴 음식은 배부름이지만
욕심의 지름길은 숨김이다.

그릇을 비우면 식사가 되고
욕심을 비우면 신사가 된다.

남김은 찌꺼기
숨김은 걸리기.

찌꺼기 인생은 걸리기 마련이다.

과자와 사자

과자는 먹힘이다.
사자는 먹음이다.

과자는 사람의 입에서 보람을 느낀다.
사자는 약육강식의 강자이다.

삶은!
찢김과 부서짐의 현악 2중주다.

물병과 물컵

물병은 나눔이다.
물 한 병이 여러 사람을 시원하게 한다.
출구는 하나지만, 친구와 가족들의 입으로 들어간다.

물컵은 담음이다.
주는 대로 받는다.
묻지도 않는다.
따지지도 않는다.
넘치도록 받는다.

행복한 인생은 나눔과 담음이다.
빈 병이 될 때까지 나누고
무엇이라도 거부하지 않고
아무 조건 없이 담을 수 있는
컵 같은 사람이 행복의 샘물이다.

부서지면 떡! 부지런하면 덕!

떡은 입을 즐겁게
덕은 사람을 기쁘게.

떡은 소비해야 제맛
덕은 쌓아야 제멋.

떡집엔 김이 모락모락!

커피와 코피

커피는 식물의 추출물이지만, 코피는 과로의 결과물이다.
커피가 입으로 느끼는 쓴맛이라면, 코피는 코로 느끼는 쓴맛이다.

혓바닥 안쪽은 쓴맛을 느끼는 공간이지만,
혀끝은 단맛을 느낀다.

인생은!
피 터짐이 아니라 커피 한 잔의 여유를 느끼는 각설탕이다.

샘이 한 구멍으로 어찌 단물과 쓴물을 내겠느냐

_야고보서 3:11

껍질과 수질

껍질은 out, 수질은 in.
빨래보다 물 한 모금이 먼저다.

깍두기와 메뚜기

깍두기는 '멈춤'이지만
메뚜기는 '주춤'이다.

멈추고 주춤거리지만 말고
'춤'을 추라.

수제비와 족제비

수제비는 곡물,
족제비는 동물.
나도 한 '인물' 한다.

과자와 의자

과자는 간식
의자는 휴식.

인생이 피곤하고 피로가 누적되면
간식과 휴식이 보약이다.

10분간 휴식이라는 소리가
행복의 메아리다.

막걸리

안 걸리고 잘 넘어간다.
그런데,
음주 단속에선 걸린다.

꽈배기와 물 베기

꽈배기는 꼬였지만, 달콤하다.
삶이 꼬이면 달콤한 말로 마음에 뿌리자.

부부 싸움은 칼로 물 베기.
칼은 용광로에 들어가면 녹는다.
부부는 서로의 마음을 녹이는 것이다.

철든다는 것은
달콤한 말로 사람을 녹이는 것이다.
인생은 사탕수수밭이다.

칩과 칩

먹거리 칩은 가볍고 부드럽다.
한순간에 사라지지만, 입안에 즐거움을 준다.

컴퓨터용 칩은 얇고 작지만, 시간이 지날수록 정보를 저장한다.
저장된 정보가 생활에 보탬이 된다.

작은 것이 큰 역할을 한다.

계란말이와 두루마리

완전식품인 계란말이는 엄마의 사랑이다.
맛 좋은 계란말이도 장이 꼬이면 먹을 수 없다.

하나님 아버지의 사랑의 표시는 두루마리 성경이다.
이 또한 마음이 꼬이면 영적 소화불량에 시달린다.

인생은 '실마리'가 풀려야 살맛이 난다.

피자와 구기자

피자 원판은 눈을 즐겁게 한다.
조각 피자는 입을 즐겁게 해준다.

눈으로 즐기는 것이 미술이라면
입으로 즐기는 것은 음악이다.

눈과 입을 즐겁게 하면 춤이 된다.
춤추는 인생은 피자 속에도 있다.

그런데,
이목구비 수족이 굳어 버리면
'구기자' 인생이다.

견딤과 느낌

나무 막대기는 핫도그를 지탱하기 위해 170~180도를 견딘다.
나무 막대기는 먹는 사람의 손 온도를 느낀다.

내 마음의 온도는?
88팔팔 하게 살려면 견디는 거다.
77칠칠 맞게 사는 건! '끙끙'거리는 거다.
33삼삼 하게 살자. 주어진 모든 것을 느껴라.

빨대

빨대는 입술과 연인 사이.
테이크아웃 컵은 손과 친구 사이.

자만심과 자신감

자신감은 보온병 안에 담긴 뜨거운 물.
자만심은 밖으로 쏟아진 물.
둘 다 마실 수 없다.

컵은 뜨거운 물도 받아준다.
그리고 기다리면서 식혀 준다.
컵 중에 최고는 역시! 월드컵.

물

그대로 있으면 냉수!
끓으면 뜨거운 물!
우려내면 찻물!
끓는 물에 분유를 타면 아기 음식!

속이 끓는 사람은 냉수
마음이 추운 사람은 HOT WATER
여유가 있으면 찻물.

속 좁은 사람은 분유 먹는 아기처럼 자기밖에 모른다.

반찬과 만찬

반찬은 만찬의 자리.
반찬 투정하지 말고
마주 앉은 사람과 만찬을 하라.

일상에서 신앙 찾아가기

9 일상

일상에서 신앙 찾아가기

접시와 집시Gypsy

접시는 음식을 담는 도구다. 식탁에서 품위를 지킨다.
집시Gypsy는 자연을 벗 삼아 분위기를 잡는다.
품위를 지키는 사람은 분위기를 깨뜨리지 않는다.

접시가 깨지면 폐품 된다.
집시Gypsy가 깨달으면 명품인생 된다.

깨달은 사람은 품위를 유지하지만,
마음이 깨어지면 품격이 떨어진다.

오늘은 접시 하나 사는 날!

독서 꽝! 인생 쾅!

삶이 콱- 막힌 것 같은 뇌경색 징조가
늘 그림자처럼 따라다녔다.

"독서 꽝에서 독서광으로"
이 책을 읽고 삶이 "쾅~" 하면서
생각의 유리창이 깨어졌다.

지금이 황금보다 더 가치가 있기에,
독서에 소금을 치고 맛난 인생을 요리하기 위해
책이라는 앞치마를 두르고 오늘표 싱크대 앞에 선다.
special 요리를 만들기 위해서….

점수와 잠수

100점은 엄마들이 좋아하는 숫자이다.
아이들에게는 스트레스 수치이다.
100점 만점이 행복 만점은 아닌데도 점수에 민감하다.

잠수는 내려갈수록 안전하다.
물속에서 기다림이 잠수의 핵심이다.
잠수는 노출되지 않아야 한다.
점수는 노출이 목적이다.

인생은 미공개가 더 많다.
그래야 행복하니까!

지팡이와 곰팡이

계속되는 장마에
대나무 연필꽂이에 곰팡이가 도배했다.

곰팡이 없는 대나무는
지팡이로, 대금으로, 대바구니로, 부채로,
다양하게 쓰인다.

삶은?
곰팡이 제로$_0$로 만들어가는 과정이다.

가짐과 터짐

염증은 터져야 치료가 된다.
가지고 있으면 암이 될 수도 있다.
피는 가져야 산다.
피가 모자라면 수혈을 받아야 한다.

내 지갑이 터지면 친구가 곁에 머문다.
장수하며 약봉지 들고 다니는 혼밥 인생보다
친구와 같이 밥 먹는 게 행복이다.
노인도 친구가 필요하다.

나이테와 나이 든 체

나이테는 일 년에 한 개씩 하나의 원을 그린다.
안으로 흔적을 남긴다.
나이테가 드러나면 식탁으로, 기둥으로, 조각품으로,
다양한 모습으로 사람에게 서비스를 제공한다.

나이 든 체하는 사람이 있다.
남의 일에 간섭하기 바쁘다.
간섭이 지나치면 관계가 깨어진다.

나이 든다는 것은?
남을 깎지 않고, 나를 깎는 것이다.

빗물과 눈물

식물은 빗물로 자라고,
마음은 눈물로 자란다.

도마와 가마

도마는 칼과의 전쟁이다.
가마는 결혼과의 전쟁이다.

도마는 다듬어진 나무, 가마는 짜인 틀.
시집간 새색시가 도마를 두들긴다.

인생은!
잘림이 아니라 다듬이질하는 것이다.

볼지어다. 내가 문밖에 서서 두드리노니
누구든지 내 음성을 듣고 문을 열면 내가 그에게로 들어가
그로 더불어 먹고 그는 나로 더불어 먹으리라 _요한계시록 3:20

명품과 소품

명품은 특정 소수의 사람이 밝히는 것.
소품은 지금 나에게 필요한 것.

소품은 필수,
인생은 무형문화재.

내가 바로 무형문화재다.

칫솔과 관솔

칫솔은 사람이 만든 생산품이다.
칫솔은 찌꺼기를 밀어낸다.

관솔의 향기는 자연이 준 선물이다.
관솔은 향기로 사람을 끌어당긴다.

인생은
"미시오" 보다 "당기시오"가 좋다.

꽃병과 질병

꽃병은 관심의 대상이다.
잘 보이는 곳을 차지한다.

질병은 관리의 대상이다.
반갑지 않은 불청객이다.

인생은!
'질병'보다 '꽃병'이다.
약국보다 꽃집으로 가는 인생이 더 행복하다.

임대와 침대

임대는 네your 것이다.
침대는 내my 것이다.

임대는 임시직, 침대는 정규직이다.
임대는 떠남, 침대는 만남이다.

임대건 침대건,
그대와 함께라면 대한민국 만세다.

일상에서 신앙 찾아가기

촛불

어둠을 밝히는 고마운 불침번,
때론 화재를 일으키는 무서운 불씨.

케익 위에선 기쁨과 축하의 불꽃,
종이컵 안에선 방울지는 눈물.

Key와 키

key는 영향력이다.
작지만, 5톤짜리 화물차를 움직이는 소품이다.

key는 작아도 되지만, '키'는 커야 한다.
키가 크면 자신감이 붙는다.

삶은?
전진과 성장이 톱니바퀴처럼 맞물려 있다.
제자리걸음이 아니라 "앞으로 가"이다.

샤워와 파워

샤워는 상쾌함이다.
파워power는 통쾌함이다.

선수는 파워power가 있어야 한다.
파워power는 경기 중이지만, 샤워는 종료다.

운동경기로 뛰느냐? 운동회로 즐기느냐?

그래!
삶은 즐기면서 뛰는 거다.

출생과 출근

출생은 신비로움이다.
출근은 의무감이다.

출생은 자람이다.
출근은 자산이다.

인생이 출출하면 라면 한 그릇 후루룩!
그래야 자란다.

영접하는 자 곧 그 이름을 믿는 자들에게는

하나님의 자녀가 되는 권세를 주셨으니 _요한복음 1:12

박자와 박사

박자는 맞춤이다. 그래서 노래한다.
박사는 갖춤이다. 노력과 연구의 결과다.

박사는 아니어도,
인간은 노래할 줄 안다.
인생은 가수로 사는 거다.

박자가 틀려도,
노래하는 음악 시간이 좋다.

보자기와 보따리

보자기가 묶음이라면 보따리는 묶임이다.
보자기가 가벼움이라면 보따리는 무거움이다.

엄마는!
이고, 업고, 들고, 아이 손잡고 걷는 보따리 인생.

자식 놈들 고생 안 시키려고
그 엄마는 지금,
다리가 아프시다.

응급실과 주사실

응급실은 골든 타임
주사실은 엉덩이 타임
보호자는 대기 타임

인생은 타이밍이다.

거울과 저울

눈으로 거울 속의 자신을 본다.
눈금으로 저울의 무게를 측정한다.
눈은 눈금을 기억해 주고, 눈금은 눈에 정보를 제공한다.

거울은 보게 하고, 저울은 측정하게 한다.
거울은 있는 모습 그대로 보여준다.
저울은 사실만을 드러낸다.
깨어진 거울도 거울이지만, 고장 난 저울은 고쳐야 한다.

삶은!
깨어진 마음 고치기다.

물빼기

인생은 물빼기다.
물 묻은 수건은 무겁다.
재물의 힘을 빼면 인생의 무게는 가벼워진다.

재물을 쌓으려고만 하면 주변에 사람이 없어진다.
물이 빠지듯 사람들이 하나둘씩 빠져나간다.

나 혼자의 삶은 건조하다.
dry기는 머리카락에만 필요하다.

10 자연

 일상에서 신앙 찾아가기

물결과 동결

물결은 움직이는 파장이다.
돌멩이로 한 방 맞으면 원을 그리며 고통을 분산시킨다.

월급이 동결되면 마음도 동결된다.
기분도 동결된다.

동결은 동태와 같다. 마음이 굳어진 상태다.
동태가 탕이 되면 냄비 안에서 물결을 일으킨다.
죽은 동태가 숫자를 알려준다.
88 ~ 가족들에게 마음마저 동결시키지 말라고~ 88~

가로수와 보호수

가로수는 도시의 거리를 돋보이게 하는 accessory
4계절 옷을 갈아입고, 멋을 전달한다.

보호수는 마을 주민들의 가슴에 안전벨트 역할을 한다.
안전벨트는 생명을 보호한다.

가로수와 보호수는 나이테로 자라고, 마을을 지킨다.
인생은 남에게 지적하는 게 아니라 '지킴이'가 되는 거다.

모든 지킬 만한 것 중에 더욱 네 마음을 지키라
생명의 근원이 이에서 남이니라 _잠언 4:23

오리와 둘이

오리들은 짝을 이루어 같은 방향으로 이동한다.
사람들은 수영장에서 같은 방향으로 헤엄친다.

오리에게 좋은 무대는 물이다.
사람에게 좋은 무대는 흙이다.

제아무리 좋은 무대일지라도 혼자는 외롭다.
둘이면 위로가 된다.

같은 방향으로 가면 위로가 된다.

야경과 조경

야경은 밤에 실력이 드러난다. 어두운 곳을 밝혀준다.
조경은 낮에 실물이 드러난다. 주변을 아름답게 꾸며준다.

야경의 지우개는 태양이다.
조경의 지킴이도 태양이다.

야경은 거리를 돋보이게 하지만, 조경은 식물을 돋보이게 한다.
누군가를 돋보이게 할 때 아름다운 사람이 된다.

모래와 모레

모래는 하류로 내려갈수록 쌓인다.
모레는 내일에 하루가 더 쌓인 시간이다.

돈이 다가와 쌓이면 부자가 된다.
독이 다가와 쌓이면 암이 된다.

근육이 쌓이면 체력이 되고,
근심이 쌓이면 체념에 빠진다.

오늘은 무엇을 쌓을까?
더 이상 고민하지 말고 사랑을 쌓으라.

안개와 번개

안개는 한 치 앞도 내다볼 수 없는 희미함이다.
번개는 눈 깜짝할 사이에 눈앞에 등장하는 번쩍임이다.

안개는 가까이 있어도 식별이 어렵다.
번개는 멀리서도 선명하게 드러난다.

안개도, 번개도 조심해야 한다.
안개는 충돌사고로, 번개는 사망 사고로 이어진다.

오늘은 조심careful하는 날.

일상에서 신앙 찾아가기

흐름과 가름

빗방울의 양이 많아지면 강물이 되어 흐름을 주도한다.
강물의 흐름은 땅을 양쪽으로 갈라지게 한다.

다리가 그 양쪽을 소통하게 한다.
사랑은 다리다.

참사랑은
'교차'가 아니라 '교제'다.

버섯과 버선

나무와 땅속에서 돋아난 버섯이 모양을 뽐낸다.
신발 속의 버선은 사람의 체중을 견딘다.

뽐내는 인생!
눌리는 인생!

뽐냄은 지구력이 자원이다.
눌림은 저항력이 에너지다.

개미와 재미

개미는 먹잇감을 구한다.
아이들은 개미의 움직임을 재미있게 관찰한다.

부지런함개미과 재미가 어우러지면 놀이동산이 된다.
재미가 없으면 운동도 노동이다.

무엇이든 재미로 하면 스포츠를 넘어 레포츠가 된다.

방아깨비

방아깨비와 잔디는 모양도 색깔도 비슷하지만, 차이가 있다.
잔디는 밟지만, 방아깨비는 뛴다.

생각이 고정되면 '밟히는' 인생이 되지만,
생각이 수정되면 '밝히는' 인생이 된다.

밟히는 잔디와 뛰는 방아깨비는 같이 살아간다.
삶의 방법이 다를 뿐이다.

사슴벌레와 사슴

어릴 때는 만지고 놀았던 사슴벌레,
지금은 못 만진다.

아이는 '놀잇감'에 눈이 가고,
어른은 '먹잇감'에 시선 집중이다.

아이는 사슴에게 풀을 주며 대화한다.
어른이 된 나는 사슴뿔에 눈이 머문다.
'녹용 비싸겠다'라고 계산한다.

예수님은 어린아이들을 좋아하셨다.

고라니야 왜 그러니?

숲길을 걷는데 고라니가 보인다.
사진을 찍었다.

고라니가 "왜 그러니?" 하고 쳐다본다.
멋진 포즈로 나를 지켜보더니 뛰기 시작한다.
"고라니야! 너 왜 그러니?"

하나님은 나를 자랑하려고
사진을 찍는데
난! 도망가는 고라니였다.

토끼와 도끼

토끼는 깜-찍!
도끼는 끔-찍!

토끼는 아이들의 놀이동산,
도끼는 나무꾼의 장난감.

나이가 든다는 건
장난감이 바뀌는 것.

지금 내 장난감은?

고목과 골목

고목은 굼벵이 무덤
골목은 아이들의 놀이터.

고목은 멈춤이지만
골목은 길과 길의 입맞춤이다.

인생은?
골목대장이다.

풀은 마르고 꽃은 시드나
우리 하나님의 말씀은
영원히 서리라 하라
_이사야 40:8

소망과 멸망

흙 속에 묻힌 돌멩이를 골라내어
'소망' 글자를 만들었다.

묻혀있으면 '돌'이지만
드러나면 '글'이 된다.

글은 문장을 낳고
문장은 책을 낳는다.

책 한 권!
멸망의 구덩이에 있던 사람을
생명의 샘물로 이끌어 가는 힘이 있다.

껍데기보다 알맹이

화단을 가꾸다가
식물보다 더 많은 돌멩이를 쌓기 시작했다.

지나가던 할머니가 하시는 말,
"교회도 탑을 쌓느냐?"

나는 마음속으로 대답한다.
"탑이 아니라 마음의 정원을 쌓는다"고.

인생은!
껍데기보다 알맹이가 소중하다.

등대와 빨대

등대는 바닷가에 선 홀아비지만, 빨대는 컵 속의 홀어미다.
등대는 빛으로 자신을 뽐내지만, 빨대는 공기로 힘자랑한다.
등대는 눈으로 확인하고, 빨대는 입으로 증명한다.

인간은!
누군가를 지키는 등대지기.
사랑은 등대지기다.

나를 눈동자 같이 지키시고 주의 날개 그늘 아래에 감추사

_시편 17:8

부리와 무리無理

새의 부리는 마른 나무에 구멍을 내지만
인간의 무리無理는 체력에 구멍을 낸다.

새가 만든 구멍은 먹이와 보금자리를 만든다.
인간이 만든 구멍은 피곤과 질병을 일으킨다.

인생은!
구멍 난 양말을 꿰매는 것.

오라 우리가 여호와께로 돌아가자
여호와께서 우리를 찢으셨으나
도로 낫게 하실 것이요 우리를 치셨으나
싸매어 주실 것임이라

_호세아 6:1♠

눈~과 눈

'눈~'은 쌓임이다.
'눈'은 깜빡임이다.

'눈~'은 온 천지가 하얗다.
'눈'을 감으면 블랙black이다.

눈~싸움이냐?
눈치작전이냐?

지나고 보면
'눈물'이 사람을 움직인다.

이끼와 미끼

이끼는 덮음이라 넓어지고, 미끼는 먹음이라 사라진다.

이끼가 정지화면이라면, 미끼는 순간이동이다.

사실, 이끼도 예쁘다.

따지고 보면 낚시꾼에게 미끼는 필수.

능선과 직선

능선은 S,
직선은 I.
컴퓨터 자판기 SI를 치면 '시'가 된다.

'시' 자로 끝나는 말은?
'무시'하지 말자.
'다시' 하면 된다.
그 누구라도!

구름과 주름

구름은 비의 원조이지만, 주름은 세월의 흔적이다.
주름을 잡는 것은 다림질이다.

다림질은 뜨거움을 견디는 거다.
마음이 뜨거워질 때까지 견디어보자.

마음이 차가우면 곁에 있는 사람도 구름처럼 사라진다.
주름이 깊어질 때까지 이마를 맞대고 사는 게 인생이다.

일상에서 신앙 찾아가기

일상에서 신앙 찾아가기